RĂZBUNAREA

NU E ÎNTOTDEAUNA

DULCE

Seria

Josh Aldridge – Detectiv

particular

Nuvelă

ROXANA NĂSTASE

Scarlet Leaf

Toronto, Canada

2021

Răzbunarea nu e întotdeauna dulce

***

Roxana Năstase

Răzbunarea nu e întotdeauna dulce

***

Roxana Năstase

PUBLICAT DE SCARLET LEAF

TORONTO, CANADA

Răzbunarea nu e întotdeauna dulce

***

Roxana Năstase

Răzbunarea nu e întotdeauna dulce

***

Roxana Năstase

AI GRIJĂ CE ÎȚI DOREȘTI

Mașina sofisticată rula cu viteză ridicată așa că s-a văzut nevoită să oprească la lumina roșie a semaforului cu o frână bruscă. Ecoul scârțâitului roților pe asfalt reverberă în atmosferă și pătrunse prin ferestrele clădirii care fusese ridicată chiar pe colțul străzii cu mai bine de cincizeci de ani în urmă.

Zgomotul puternic deranjă cina locatarilor, dar, cum așa ceva nu se întâmpla pentru prima dată prin împrejurimi, aceștia, fie cu o simplă clătinare a capului pentru a-și arăta neplăcerea, fie cu un cuvânt mai dulce

Răzbunarea nu e întotdeauna dulce

***

Roxana Năstase

adresat şoferului teribilist sau cu o simplă ridicare din umeri, se întoarseră la masa lor.

Nici măcar nu se obosiră să îşi arunce ochii afară pe fereastră. În fond, nu era treaba lor ce se întâmpla şi, oricum, aveau ei propriile lor mici discuţii legate fie de cartofii care fuseseră ţinuţi prea multă vreme pe foc sau de cumpărăturile extravagante în care se complăcuse stăpâna casei pe ziua aceea.

Grăbit, bărbatul ce conducea maşina aruncă o privire neagră spre semafor, abia aşteptând să se facă verde şi bătând darabana cu degetele iritat pe volan. Cu un gest nervos, îşi trecu degetele prin părul ciufulit, după care îşi frecă bărbia cu nerăbdare.

Omul avea impresia că timpul de aşteptare era lung, mai lung decât de obicei, iar el, unul, era în mare grabă, simţind că pantalonii îi deveniseră un pic mai strâmţi decât fuseseră cu câteva minute mai devreme.

Răzbunarea nu e întotdeauna dulce

***

Roxana Năstase

În general, bărbatul nu vădea nici un fel de lipsuri de imaginație când venea vorba de femei, dar, de data aceasta, fantezia lui o luase bine la picior și ajunsese mai departe decât oricând înainte. De aceea, acum se temea că era pe punctul de a exploda chiar în acel moment, ceea ce nu i-ar fi căzut prea bine.

Sângele îi clocotea fierbinte în vene și trupul îi pulsa peste tot. Asaltat cu senzații din toate părțile, bărbatul tânjea să ajungă la linia de final și încă rău de tot, iar limba îi țâșni nerăbdătoare printre buzele fierbinți și uscate pentru a le umezi.

Nici ploaia torențială nu îi venise în ajutor deloc. Plouase toată după-masa, iar omul se cam săturase. Răbdarea-i întinsă la limită, de-acum, abia se ținea de un fir de păr, iar picăturile de ploaie care luceau pe parbriz în lumina roșie a semaforului, reflectând caldarâmul ud, îi oboseau ochii.

Drumul umed nu îi permisese să conducă cu o viteză mai mare, chiar

Răzbunarea nu e întotdeauna dulce

***

Roxana Năstase

dacă avea senzaţia că se desfăcea la cusături. Nu credea, însă, că l-ar fi ajutat prea mult în situaţia aceea dacă s-ar fi izbit cu maşina de ceva.

Pentru a-şi mai ostoi aşteptarea, bărbatul se întoarse spre mânza aşezată lângă el, lăsându-şi degetele de la mâna dreaptă să se prelingă de-a lungul coapsei expuse a acesteia. Când plecaseră de la restaurant, femeia se tolănise pe scaunul de lângă el cu mişcări leneşe, desfăcându-şi picioarele lungi uşor, iar poziţia ei îl sâcâia, îndemnându-l să o atingă.

Cu alura unei fete abia ieşite de pe băncile şcolii, aceasta părea cam cu cel puţin douăzeci de ani mai tânără ca el. El ştia cu certitudine că femeia era mult mai în vârstă decât lăsa impresia, dar, cu toate acestea, aparenţa ei de ingenuă îi afectase atât trupul, cât şi mintea.

Cu siguranţă, femeia nu dusese lipsă de un număr suficient de experienţe până atunci, dar lui nu-i păsa chiar deloc că ar fi putut fi înşelat în aşteptările sale. În fond, se bucura de

Răzbunarea nu e întotdeauna dulce

***

Roxana Năstase

aparenţa inocenţei combinată cu experienţa, iar, uneori, acea aparenţă era mai mult decât suficientă pentru a-i ridica atât temperatura corpului, cât şi dorinţa.

Însoţitoarea lui trezise un instinct primar înlăuntrul său, iar el nu îşi găsise tăria să îl înăbuşe. Aceasta, pur şi simplu, îl fermecase atât de temeinic încât nici măcar chicotelile ei destul de enervante nu îl mai deranjau.

Tânăra îi lăsase impresia că masculinitatea lui o uluia, acela fiind principalul motiv al admiraţiei ei pentru el. Ochii femeii se rotunjeau de fiecare dată când treceau peste curbura muşchilor lui şi, în ciuda faptului că, de obicei, nu credea orbeşte în aşa ceva, pe ea o crezuse, probabil pentru că ştia că aceasta nu ţintea să obţină altceva de la el.

Îi devenise clar că femeii nu îi păsa de puterea lui financiară. Avea ea însăşi destui bani, aşa că era limpede că nu îl vânase pentru a-şi înfige gheruţele manichiurate în ai lui.

Răzbunarea nu e întotdeauna dulce

***

Roxana Năstase

Bărbatul îşi făcuse timp să îi verifice statutul financiar înainte de a sucomba atracţiei resimţite pentru ea. Deja trecuse prin câteva experienţe neplăcute cu alte femei în trecut, aşa că acum îşi ţinea ochii larg deschişi ori de câte ori o femeie arăta interes vizavi de persoana lui. Fiind un om pragmatic, banii întotdeauna veneau pe primul loc pentru el.

Ochii ei mari se tot preumblau peste trupul lui, dându-i impresia că nu văzuse niciodată în alt bărbat o forţă atât de brutală ca cea pe care o trădau muşchii bine dezvoltaţi ai braţelor şi pieptului lui.

Mulţumesc lui Dumnezeu că m-am gândit să merg la sală în fiecare zi, se gândi el cu satisfacţie.

Se părea că muşchii lui o cuceriseră pe fosta Miss Popularitate a liceului ei. Reuşise el să afle şi acel amănunt despre ea.

Bărbatului îi plăcea interesul vădit al femeii în fizicul lui, chiar dacă acel interes nu reprezenta nimic altceva

***

Roxana Năstase

decât o altă dovadă a superficialității ei, dar lui, evident, nu îi păsa de lipsa ei de calități sau de inteligența aparent slab dezvoltată. În fond, nu intenționa să disece filozofia lui Kant cu ea, iar pentru ce avea el în minte, femeia se dovedea suficient de bună.

Cum culoarea roșie a semaforului tot nu se schimbase, degetele lui se strecurară pe sub tivul fustei ei scurte de piele și peste coapsa ei încinsă. Ochii lui negri de prădător se fixară asupra chipului femeii pentru a-i savura toate reacțiile la atingerea lui.

Când degetul lui mijlociu atinse marginea lenjeriei de mătase, femeia închise ochii în semn de abandon dulce și oftă adânc. Buzele îi tremurară, iar dinții ei mici și albi se înfipseră cu putere în buza ei inferioară. O perlă sângerie îi pătă rujul rozaliu, iar degetele lui tremurară pe pielea ei, chiar dacă impresia ca aceasta juca teatru se încăpățâna să persiste într-un colț al minții lui. Femeia știa foarte bine cum să îl excite din ce în ce mai mult.

Răzbunarea nu e întotdeauna dulce

*****

Roxana Năstase

Triumful începu să-şi ridice capul în gândurile lui, amuţind orice bănuială ar mai fi avut, iar sângele îi zvâcni mai iute. Bărbatul nu îşi putea lua ochii de la gura ei rozalie cu buze pline, care acum se deschiseseră într-un *o* mare. Mai apoi, un geamăt prelung scăpă din gâtlejul ei, pe care el îl resimţi adânc în pantaloni.

Bărbatul rânji lupeşte, iar degetele rătăciră puţin mai sus. Când ajunse la locul căutat, pe care îl dorise de atât de mult timp, zâmbi.

— Da, iubito, asta e, spuse el pe o voce răguşită, trecându-şi limba fierbinte peste buzele cărnoase din nou.

Chiar în acel moment, totul explodă în jurul lor. Plouă cu cioburi de sticlă peste ei, iar mâinile lui imediat uitară de intenţia sa de mai devreme şi de catifeaua pielii femeii, îndreptându-se spre centura de siguranţă. Bărbatul nu mai avea decât un singur gând: să se elibereze şi să fugă.

Răzbunarea nu e întotdeauna dulce

***

Roxana Năstase

Urletele sfâșietoare de spaimă ale femeii îi răsunau în cap, împiedicându-l să își adune gândurile. Îi aruncă o privire piezișă și observă că aceasta încerca să își acopere capul cu mâinile mici.

Și totuși, lui nu putea să-i pese mai puțin de ce i se întâmpla ei. Femeia tocmai devenise un bagaj în plus pentru el, în acel moment, mintea lui fiind axată doar pe salvarea personală. Ce urma să i se întâmple ei nu îl mai privea de atunci încolo.

Bărbatul reuși să își desfacă centura de siguranță și, plin de speranță, întinse mâna să deschidă ușa, dar un glonț îl mușcă aspru de mușchiul brațului și un șuierat de durere îi scăpă printre buzele strânse.

Un al doilea glonț poposi în coapsa lui, adânc, aproape de os, iar greața îl lovi instantaneu, bărbatul simțind amărăciunea bilei ridicându-i-se în gâtlej.

Răzbunarea nu e întotdeauna dulce

***

Roxana Năstase

Omul se luptă orbeşte cu încuietoarea de la uşă încercând să o deschidă, deşi durerea izvora din toate fibrele trupului său, care tremura sub atacul zgomotului asurzitor ce îl înconjura din toată părţile.

În maşină, femeia continua să urle fără încetare, secerată de gloanţele ce se înfigeau în silueta ei plăpândă, iar ecoul lătrăturilor metalice ale mitralierelor copleşea strada de acum îmbibată de mirosul înecăcios al prafului de puşcă. Nările bărbatului fremătară când izul acru îl lovi din plin prin parbrizul şi ferestrele sfărâmate.

Un proiectil bine ţintit opri brusc strigătele ascuţite ale femeii şi bărbatul simţi o oarecare recunoştinţă împletită cu teroare când privi în direcţia ei. Fusese o lovitură extrem de curată. Glonţul îi traversase femeii craniul de la o tâmplă la alta, pentru a se opri mai apoi în capota maşinii.

Sângele şi materia cenuşie din creierul ei se împrăştie pe chipul lui, iar când el îşi dădu seama ce se întâmplase,

***

Roxana Năstase

se şterse oripilat cu degete nesigure. Ochii lui se măriră când se fixară pe trupul sfărâmat de gloanţe al femeii.

— Ce nai..., începu bărbatul să urle când o altă perdea de gloanţe trecu peste trupul femeii, chircit pe scaun, şi se înfipse în pieptul lui.

Restul cuvintelor sale se pierdu într-o gâlgâială neinteligibilă. Sângele îi ţâşni pe la colţul gurii şi îi pătă cămaşa albă cu etichetă de designer pe care o alesese cu foarte multă grijă în după masa aceea. Ca prin vis, înregistră pişcăturile gloanţelor care îşi găsiră casă în umărul, abdomenul şi coapsele lui.

Conştiinţa bărbatului se topea gradat, chiar dacă acesta mai încerca încă să scape din vidul întunecat ce îl înconjura ca să-şi facă drum cu ghearele înapoi spre realitate. Era durerea amarnică, dar cel puţin aceasta îl asigura că era încă în viaţă.

Înainte de a-şi pierde cunoştinţa complet, îi ajunse la urechi explozia

Răzbunarea nu e întotdeauna dulce

***

Roxana Năstase

sirenelor maşinilor de poliţie ce se apropiau de locaţia lui.

***

Roxana Năstase

ȚĂRÂNĂ LA ȚĂRÂNĂ

Magda nu își dezlipi privirea de coșciugul ud așezat pe pământ. Năpustindu-se în șuvoaie năvalnice, ploaia se revărsa peste lemnul lăcuit, lăsând dâre ude în urma sa.

O rafală de vânt puternică îi ridică părul în aer și femeia încercă să-și adune coama rebelă într-o mână. Degete de aer rece îi atinseră ceafa, întețind și mai mult frisoanele ce îi străbăteau trupul.

Ploaia nu se oprise de o săptămână întreagă, de când sora ei, Margot, care avea doar douăzeci și opt de ani la

17

Răzbunarea nu e întotdeauna dulce

***

Roxana Năstase

vremea aceea, fusese secerată de gloanţe la colţul Străzii Tunetului cu Bulevardul Fulgerului.

Colţurile gurii Magdei zvâcniră involuntar când aceasta îşi aminti numele celor două străzi, oarecum predestinate.

Nu a fost amuzant, la naiba! se admonestă ea mental.

Umiditatea i se culcuşise în oase, iar femeia se cuprinse în braţe, astfel că picături de ploaie căzură de pe umbrelă pe braţele ei. Cu un fior, realiză că era înfiorător de obosită. Se văzuse nevoită să facă numeroase drumuri de-a lungul întregii săptămâni care trecuse, în timp ce aşteptase ca să fie făcută autopsia şi să îşi poată, în sfârşit, îngropa sora.

Tânăra continuă să zăbovească în faţa coşciugului surorii sale chiar dacă ştia că era inutil, nemaiputând face nimic pentru ea. Mai mult decât atât, trebuia să se întoarcă acasă curând, unde oamenii o aşteptau ca să îi hrănească şi să o poată consola.

Răzbunarea nu e întotdeauna dulce

***

Roxana Năstase

Şi totuşi, nu se putea dezbăra de ideea că s-ar fi putut lipsi de acele discuţii convenţionale. Gândindu-se la corvoada ce o aştepta de-a lungul următoarelor ore, femeia nu găsea tăria de a-şi pune picioarele în mişcare.

Ştia ea că unii dintre acei oameni, care deja se găseau în casa ei, aveau intenţii bune, dar erau destui cei care veneau doar pentru a se bucura de o masă gratis şi pentru a fi văzuţi în mijlocul lumii bune.

Dar ea, una, voia doar să fie lăsată în pace. Nu îşi dorea decât să se bage în pat, sub cuvertură, astfel blocând restul lumii din afară, chiar dacă doar pentru restul zilei.

Margot fusese ultimul membru de familie care îi rămăsese. Pierderea ei o lovise puternic, în ciuda faptului că ele două se văzuseră destul de rar după ce sora ei împlinise şaptesprezece ani.

Magda mereu fusese plecată pe undeva, urmând diverse cursuri şi colecţionând diplome, după cum îi reproşase Margot o dată, cu un sarcasm

19

Răzbunarea nu e întotdeauna dulce

***

Roxana Năstase

mușcător. Parcă abia realizând că ele două se înstrăinaseră atât de mult, Magda își scutură capul cu tristețe și își mușcă buza de jos cu o urmă de regret.

Pe nepusă masă, degete puternice o prinseră de braț și femeia tresări puternic. Umbrela îi căzu din mână la picioare, iar șuvoaiele de ploaie torențială îi lipiră imediat șuvițele de păr în jurul craniului, feței și grumazului.

Mânată de instinct pur, femeia se întoarse și cu cealaltă mână împinse în pieptul bărbatului care îi ținea brațul ostatec, dar efortul ei sa vădi zadarnic. Acesta nu se clinti deloc.

Dându-și seama de futilitatea eforturilor sale, femeia se simți copleșită de teamă și începu să tremure.

De ce naiba am rămas singură aici? reflectă ea, realizând brusc că cimitirul era gol, nimeni nemaifiind acolo în afară de ea, deci nu ar fi putut găsi pe cineva să-i vină în ajutor.

Răzbunarea nu e întotdeauna dulce

***

Roxana Năstase

Citindu-i frica din privire, bărbatul îi mângâie bărbia cu degetul mare, iar atingerea blândă o confuzionă.

— Nu te teme, domnişoară Lawson, o linişti el cu o şoaptă coborâtă. Nu am venit aici să te rănesc, continuă el, iar ochii săi de un albastru întunecat se fixară asupra alor ei, îndemnând-o să se liniştească.

Bărbatul îi dădu la o parte de pe faţă o şuviţă de păr umed, iar femeia îngheţă, incapabilă să reacţioneze. Magda nici măcar nu îndrăznea să clipească. Devenise necesar să nu îşi dezlipească ochii de pe el şi mişcările lui.

— Cine eşti tu? îl întrebă ea cu o uşoară ezitare, muşcându-şi, mai apoi, buza inferioară din nou, cu teamă de data aceasta.

Bărbatul o copleşea cu înălţimea lui şi cu privirea aţintită asupra ei. Creştetul capului ei îi ajungea acestuia numai până la umăr, iar femeia se simţea ca un pitic în comparaţie cu el, masivitatea trupului lui intimidând-o.

Răzbunarea nu e întotdeauna dulce

***

Roxana Năstase

Degetele lui nu stăteau locului defel, încercând să îndepărteze urmele de ploaie de pe chipul ei, iar femeia se gândi fugar la inutilitatea eforturilor sale, din moment ce ploaia continua să cadă torențial peste amândoi.

Femeia se mustră pentru că se dovedea prea slabă pentru a-l face să dea înapoi. Degetele îi zvâcniră pe pieptul lui, chiar dacă, de fapt, creierul ei le trimitea mesajul să îl împingă pe bărbat la o parte. Dar, aparent, ordinul trimis de centrul ei nervos se pierdea undeva pe drum, probabil din cauza vreunui scurtcircuit.

— Josh Aldridge, se prezentă el. Sunt detectiv particular, își continuă el explicația pe același ton gutural de mai devreme. M-am gândit că ar fi cazul să te inoportunez deoarece se pare că motivul morții surorii tale este legat de un caz la care lucrez eu.

— Înțeleg, spuse ea blând, deși, de fapt, nu pricepea nimic.

Răzbunarea nu e întotdeauna dulce

***

Roxana Năstase

Mintea ei refuza să funcționeze, fiind în continuare blocată asupra lui și asupra gesturilor lui, așa că nu reușea să proceseze cuvintele pe care le auzea.

— Știu că ai o limuzină care te așteaptă, spuse el, aplecându-și capul spre ieșirea din cimitir, unde o aștepta mașina pentru a o duce înapoi acasă. Dar poate îmi vei da voie să te conduc eu și așa am putea vorbi de-a lungul drumului, îi propuse el pe o voce mătăsoasă.

Cuvintele lui avură efectul unui duș rece peste gândurile ei rătăcitoare. Cu hotărâre, Magda se trase un pas în spate și ochii ei se preumblară peste silueta lui din creștetul capului și până la picioare, iar după aceea înapoi, pentru ca mai apoi femeia să își scuture capul.

Răzbunarea nu e întotdeauna dulce

***

Roxana Năstase

— Eşti un specimen masculin deosebit, domnule Aldridge, trebuie să o recunosc, spuse ea, vocea sunându-i foarte sigură pe sine acum. Dar, vezi tu, am terminat liceul de ceva vreme. Admir un bărbat care arată bine, la fel ca orice altă femeie, dar asta nu înseamnă că şi mintea îmi încetează să funcţioneze complet. Tot mai pot gândi folosindu-mi toţi cilindrii, continuă ea pe acelaşi ton egal, scuturându-şi capul. Să te însoţesc în maşina ta nici nu intră în discuţie, sublinie ea, tăind decisiv aerul cu latul palmei.

Femeia se aşteptase să îl audă protestând, aşa că zâmbetul larg al lui Josh o năuci.

— E bine de ştiut că mă consideri un specimen masculin deosebit, domnişoară Lawson, îşi tărăgănă el cuvintele cu un glas răguşit, iar femeia reuşi să perceapă râsetul din glasul lui.

Bărbatul îşi sălță o pălărie invizibilă în faţa ei, iar după aceea, luând-o de braţ, o întoarse spre ieşirea din cimitir.

Răzbunarea nu e întotdeauna dulce

***

Roxana Năstase

— Eşti udă şi ţi-e frig, trase el concluzia pe un ton serios acum. Şi chiar eşti o femeie inteligentă. Ai dreptate să mă refuzi. Nu trebuie niciodată să accepţi o cursă cu maşina de la un bărbat necunoscut, domnişoară Lawson, o lăudă el, iar sprânceana ei dreaptă i se arcui pe frunte.

Lui Josh nu părea să îi displacă nici acel lucru.

— Nu, vei merge acasă în limuzina ta, iar eu te voi urma, organiză el lucrurile imediat. Acolo, îmi vei putea verifica acreditările, iar după aceea, poate, vom putea vorbi.

Femeia dădu din cap în semn că era de acord cu propunerea lui, iar el o ajută să ia loc în limuzină. Bărbatul închise uşa în urma ei, iar apoi lovi capota pentru a-i semnala şoferului că putea porni la drum. Maşina se puse în mişcare, iar Magda îşi întoarse capul pentru a-l studia în continuare pe bărbatul rămas în mijlocul străzii.

Răzbunarea nu e întotdeauna dulce

***

Roxana Năstase

Acesta nu părăsise marginea trotuarului, chiar dacă limuzina plecase, iar femeia se încruntă. Omul îi lăsase impresia că ar fi vrut să stea de vorbă cu ea cât mai curând posibil, dar se părea că, de fapt, nu era în așa mare grabă să o facă.

REVELAȚII ȘOCANTE

Mulțimea începuse să se subțieze o dată ce musafirii epuizaseră toată mâncarea întinsă pe mese mai devreme. Dar, conversațiile desfășurate fără încetare de-a lungul ultimelor două ore, o lăsaseră pe Magda cu nervii zdrențuiți până atunci.

Răbdarea i se destrămase deja, încetul cu încetul, iar femeia abia aștepta să vadă spatele ultimului oaspete, sătulă să audă aceleași platitudini. Câțiva oameni încă mai zăboveau, deși ea nu se obosise să-și ascundă oboseala și nervozitatea față de ei.

Răzbunarea nu e întotdeauna dulce

***

Roxana Năstase

Îi cunoştea ea, de altfel, foarte bine şi nu se aşteptase la altceva de la ei. Aceştia erau oamenii care se dădeau în vânt după o viaţă socială superficială, unde toată lumea vorbea despre nimic deosebit în particular, pur şi simplu conversând ca să îşi audă vocea şi aşteptând ca ceasul să mistuie secundele.

Ochii ei se întoarseră din nou spre Josh Aldridge, aşezat într-un fotoliu lângă şemineu, cu un pahar de Burbon în mână. Ea ştia că era acelaşi pahar pe care i-l pusese ea în mână la începutul după amiezii când acesta, în sfârşit, izbutise să treacă de pragul uşii ei, în ciuda presentimentelor negre care o măcinau.

Privirea ei îi urmărise bărbatului mişcările pe cât de mult posibil, chiar dacă, din nefericire, oamenii încercau mereu să îi atragă atenţia cu o întrebare sau cuvinte de alinare.

Josh niciodată nu îşi reumpluse paharul şi nici nu părăsise fotoliul pe care îl acaparase la sosire. Bărbatul

Răzbunarea nu e întotdeauna dulce

***

Roxana Năstase

evitase bufetul, dar se şi ferise să poarte vreo conversaţie, fie ea şi de un cuvânt, cu vreunul din musafirii ei, chiar dacă unii dintre ei îşi aruncaseră ochii în direcţia lui şi îl bârfiseră în şoapte furioase, încercând sa afle identitatea intrusului ce pătrunsese în lumea lor, iar alţii chiar insistaseră să i se prezinte. În ciuda eforturilor lor, nu obţinuseră nici măcar numele lui, darmite motivul prezenţei sale în casa Magdei.

Femeia îşi dăduse seama că bărbatul îşi alesese acel loc cu grijă. De acolo, putea să observe mişcările tuturor, astfel fiind la curent cu tot ce se petrecea în jur.

Un loc perfect pentru supraveghere. Exact ce ar fi ales un detectiv particular bun, trase ea concluzia. *Nimeni nu ar putea să-l ia prin surprindere.*

Atunci când coborâse din limuzină, Josh o aştepta deja în faţa casei. Magda nu ştia cum de reuşise acesta să bată traficul, dar, în fond, nici nu o interesa să afle. Interesul ei era de altă natură.

Răzbunarea nu e întotdeauna dulce

***

Roxana Năstase

Bărbatul avea o poveste de împărtăşit, iar ea trebuia să o asculte, chiar dacă simţea degete lipicioase de transpiraţie trecând peste pielea ei ori de câte ori se gândea la discuţia ce urma să aibă loc.

Sub scuza că simţea nevoia să se reîmprospăteze, femeia se retrăsese în camera ei de la etaj şi atacase internetul pentru a descoperi amprenta digitală a bărbatului şi pentru a îşi face o idee despre el. Fusese nevoită să facă mai multe drumuri, dar numeroasele ei săpături în trecutul lui o recompensaseră cu informaţia mult dorită.

Într-adevăr, în ciuda temerilor ca acestea o minţise, Magda îi găsise numele pe internet. Existau chiar destule referiri la el, iar unele dintre cele pe care le citise îi ridicaseră sprâncenele sus de tot pe frunte de uluire.

Josh Aldridge poate fi considerat orice altceva, dar nu un om simplu, reflectă ea cu uimire, privind spre el din nou.

Răzbunarea nu e întotdeauna dulce

***

Roxana Năstase

De-a lungul acelei după-amiezi, ce părea fără sfârşit, descoperise că, de fapt, nu îşi putea lua ochii de la el. Chiar şi atunci când vorbea cu vreunul dintre oaspeţii ei, ea tot era mereu conştientă de prezenţa lui.

Se îndoia că bărbatul ar fi putut trece neobservat într-o mulţime, dar în acea adunare, acesta ieşea în evidenţă precum un extraterestru de pe Marte. Era exact opusul indivizilor răsfăţaţi şi îmbrăcaţi în haine fine, ce se împrăştiaseră prin casa ei.

Din relatările ce le parcursese online, aflase că Josh îşi începuse cariera ca detectiv la omucideri în Saskatoon. Ziarele timpului vorbeau despre dedicaţia şi instinctul poliţistului, aducându-i numai laude şi prevestindu-i un viitor măreţ.

Răzbunarea nu e întotdeauna dulce

***

Roxana Năstase

La vremea aceea, acesta își câștigase renumele băiatului de aur care nu putea face nimic greșit și care deja se afla în ascensiune pe scara virtuală a gradelor, îndreptându-se spre o promoție serioasă. Toți așteptau lucruri mari de la el, ba chiar unii speculau că acesta va urca sus de tot, până la postul din vârful ierarhiei poliției.

Bărbatul se dovedise a fi unul dintre cei mai buni ofițeri ai forței de poliție până ce, într-o zi, cu patru ani în urmă, sora lui, mult mai tânără, dispăruse.

Unde mă găseam eu oare la vremea aceea? se întrebă Magda, furând o altă privire spre Josh. *Ah, da, îmi făceam stagiul la Stanford*, își aminti ea cu o ridicare imperceptibilă din umeri.

O perfecționistă de o curiozitate maladivă, a cărei pasiune era învățarea a tot ce se putea despre noi domenii, Magda cucerise diplomă după diplomă. Această pasiune a ei reprezentase mărul discordiei dintre ea și sora sa,

Răzbunarea nu e întotdeauna dulce

***

Roxana Năstase

Margot mereu purtându-i ranchiună din cauza dedicaţiei pe care o arăta studiilor ei.

Când surioara mai mică a lui Josh dispăruse, s-au desfăşurat cercetări frenetice pentru a o regăsi, dar nici una nu a avut succes. Magda abia dacă îşi putea imagina consecinţele acelor căutări futile asupra stării mentale a lui Josh. Detectivul mult aplaudat, cu numeroase rezultate notabile sub centură, se vădise incapabil să scoată la iveală măcar o urmă de-a surorii lui mai mici.

Probabil că oamenii au bârfit pe la colţuri, că doar sunt destul de buni la aşa ceva, îşi scutură ea capul cu regret. *Cu siguranţă că Josh i-a auzit. Zvonurile tot ajung la urechile tale, indiferent dacă îţi pleci sau nu urechea la ele.*

Internetul se dovedise de mare ajutor, iar Magda reuşise să descopere multe poze de ale lui Josh din perioada aceea. Profilul lui prezenta un bărbat cu barbă, sumbru şi aspru. O duruse inima

33

Răzbunarea nu e întotdeauna dulce

***

Roxana Năstase

atunci când privise în cobaltul arzând de mânie al ochilor lui.

Şi în ziua de azi, Josh tot mai păstra o urmă de barbă, dar, mai nou, ochii îi deveniseră atât de reci şi indescifrabili că lăsau senzaţia că acesta se afla la mii de kilometri depărtare de locul prezent.

Unele dintre articole arătau că bărbatul reuşise să se menţină pe linia de plutire pentru o vreme, având doar o răbufnire stranie din când în când. Cum memoria oamenilor, însă, nu dispare cu uşurinţă, cei din poliţie tot îşi mai aminteau de dosarul său fără nici o pată de dinainte şi îi găsiseră tot soiul de scuze pentru ieşirile lui. Îi înţeleseseră durerea şi puseseră vina pentru toate greşelile lui pe tragedia care îi luase cu asalt viaţa personală.

Răzbunarea nu e întotdeauna dulce

*****

Roxana Năstase

Şi totuşi, acela a fost doar începutul. Când într-un târziu, după câteva luni, poliţia a pescuit o adolescentă dintr-un lac, viaţa lui Josh s-a întors cu fundul în sus, iar, din acel moment, obsesia şi furia oarbă i-au condus toate acţiunile. Poliţistul metodic, cu capul pe umeri, dispăruse definitiv.

Fata, de nici cincisprezece ani la vremea aceea, fusese violată şi torturată timp de mai multe zile, conform raportului autopsiei şi a informaţiilor pe care poliţia le oferise presei.

Pentru o vreme, Josh a rămas în continuare pe ştatul de plată al poliţiei, dar, până la urmă, tot au trebuit să îi ceară să plece. Opinia publică era împărţită, dar cei din conducere nu au mai reuşit să ascundă tot ce se petrecea sub covor.

Magda citise acel articol cu lacrimi în ochi. Din fericire, lacrimile se potriveau foarte bine cu tipul de adunare care avea loc în casa ei în acel

Răzbunarea nu e întotdeauna dulce

***

Roxana Năstase

moment. Nimeni nu ar fi putut ghici că nu le vărsase pentru sora sa, ci pentru că o durea sufletul pentru Josh.

Josh arestase un infractor de doi bani, care, aparent, fusese şi el implicat în traficul uman. Problema a fost că nu l-a adus direct la secţie după arestare, în ciuda insistenţelor partenerului său, care, până la urmă, a părăsit casa infractorului şi l-a lăsat pe Josh singur cu el, evitând astfel să fie martor la ceea ce se întâmpla. Omul, dovedind mentalitate de struţ, se gândise că, atâta timp cât el nu vedea absolut nimic, nu i s-ar fi putut cere să depună mărturie împotriva colegului său.

Josh dorea să obţină unele răspunsuri de la individ înainte de a-l duce la secţie, ba chiar le voia cu atâta ardoare, încât, pentru a-l face să vorbească, l-a agresat serios fizic.

Magda văzuse unele fotografii ale arestatului. Un ochi umflat şi o buză spartă au fost afişate pe prima pagină a majorităţii ziarelor, deşi unele camere nu au fost defel timide în a-şi face

Răzbunarea nu e întotdeauna dulce

***

Roxana Năstase

datoria şi făcusera publice, mai apoi, şi vânătăile serioase de pe trupul proxenetului. Video-urile vorbeau de la sine.

Josh încercase să susțină că omul opusese rezistență la arestare şi traumele suferite ar fi fost rezultatul direct al atitudinii sale. Nimeni nu l-a contrazis direct, deşi speculațiile din presă se vădiră destul de sălbatice.

Bărbatul nu mai fusese niciodată acuzat de brutalitate înainte de acea arestare, dar, în aceeaşi zi, chiar după ce a ieşit totul la iveală, a fost lăsat să plece din cadrul poliției.

Mai interesant, însă, se dovedise faptul că infractorul supraviețuise în închisoare doar douăzeci şi patru de ore. Decesul lui a fost calificat ca sinucidere, dar momentul ales pentru a o face ridicase o mulțime de întrebări.

Din fericire pentru el, lui Josh i se arătase deja uşa şi omul nu se aflase nicăieri în zonă când moartea proxenetului a avut loc. Aşa că, nimeni nu a putut să-l arate pe el cu degetul ca fiind cel ce a pus în scenă sinuciderea.

Magda avea calitățile necesare unei cercetătoare de elită, ceea ce nu era ieșit din comun, ținând seama de faptul că femeia, de fapt, se ocupa cu așa ceva zi de zi. Acum își făcea un doctorat la Universitatea din Toronto și de-a lungul timpului, învățase arta de a cerceta un subiect în profunzime, scoțând în evidență cauzalitate și consecințe.

În ciuda experienței sale în cercetare, nu a reușit, însă, să dea peste nici o informație referitoare la Josh pentru o perioadă de vreo doi ani după ce poliția l-a scuipat afară din sânul ei. Pur și simplu, bărbatul dispăruse fără urmă din atenția publicului.

Magda era tocmai pe punctul de a renunța la cercetarea ei când descoperi un articol despre un detectiv particular în Montreal. Acesta împărtășea același nume cu detectivul și fusese implicat în rezolvarea cazului de răpire a unei adolescente, ceea ce reprezenta exact domeniul de expertiză al lui Josh.

Răzbunarea nu e întotdeauna dulce

***

Roxana Năstase

Magda căută o poză a detectivului respectiv în toate ziarele Quebecului din acea vreme și, până la urmă, a dat peste una. Era clar că era Josh al ei. Ei bine, nu al ei, se corectă ea mental. Nu putea să-l revendice, se gândi ea, privind în direcția lui încă o dată.

Deși nu m-ar deranja, îi trecu ei fugar prin minte, pentru ca mai apoi să simtă o ușoară roșeață ridicându-i-se în obraz, și imediat aruncă o privire furișă spre Josh, având ocazia să zărească sprânceana dreaptă a acestuia arcuindu-se cu interes in sus.

Femeia suferea cu adevărat din cauza morții premature a lui Margot, dar aceasta nu însemna că și orbise brusc, iar hormonii ei, cu siguranță, nu aveau nici cea mai mică idee că Magda era în doliu și jelea și că și ei ar fi trebuit să se comporte cu mai multă demnitate.

Viața ei romantică fusese aproape inexistentă în ultima vreme. De fapt, se redusese la zero de câțiva ani buni, de când relația ei cu David se dusese pe

Răzbunarea nu e întotdeauna dulce

***

Roxana Năstase

copcă, imediat după ce au terminat liceul. Iar asta se întâmplase aproape cu o viață în urmă, așa că femeia nu se mira că poftea după Josh cu ardoarea adolescenței.

Bărbatul se pricepea foarte bine să pună în evidență o pereche de blugi vechi, iar Magda ar fi trebuit să fie oarbă de-a binelea ca să-i scape un astfel de amănunt. Cămașa lui neagră îi accentua cobaltul ochilor, făcându-l să strălucească mai intens, în special atunci când Josh își arunca privirea spre ea, iar ochii li se întâlneau, chiar și pentru două secunde. Ai lui nu dezvăluiau multe, dar, cu toate acestea, privirile lui tot o nelinișteau pe femeie.

Nu-mi va place ce-mi va spune, i se iți brusc gândul în minte și Magda tresări vizibil. Era un presentiment visceral, iar pielea de pe brațe i se făcu de găină.

Cu un oftat de ușurare, Magda îi conduse pe ultimii patru oameni spre ușă, chiar dacă aceștia păreau să ezite să plece, iar ochii lor se tot întorceau

Răzbunarea nu e întotdeauna dulce

***

Roxana Năstase

spre Josh. Indiferentă la eforturile lor să o convingă să le mai suporte compania ceva vreme, femeia se arătă hotărâtă să rămână singură cu detectivul particular şi asta cât mai curând.

Îşi dădea ea seama că oamenii se întrebau ce soi purta bărbatul şi de ce lui i se permitea să rămână în casa ei după ce toată lumea pleca, mai ales că, la cererea lui, Magda nu se obosise să îl prezinte nimănui.

Femeia ştia că zvonurile vor răsări ca ciupercile după ploaie în ziua următoare, dar ei chiar nu îi păsa. Nu era un novice a interacţiunilor din aşa zisă lume bună, aşa că ştia ea foarte bine că, dacă nu ar fi fost chestia asta, tot ar fi găsit ei un alt motiv să o bârfească oricum.

Magda le acceptă platitudinile şi sărutările în aer cu stoicism, iar când, în sfârşit, aceştia păşiră în stradă, închise uşa în urma lor cu mai mult entuziasm decât s-ar fi cuvenit.

Răzbunarea nu e întotdeauna dulce

***

Roxana Năstase

Mai apoi, îşi sprijini fruntea de uşă, inspirând şi expirând de câteva ori prelung, pentru a-şi calma nervii întinşi. *Oh, Doamne, sunt atât de obosită,* reflectă ea, fără prea mare surprindere, scuturându-şi capul să şi-l limpezească.

— Îmi pare rău, veni vocea apologetică a lui Josh din spatele ei.

Şi acum să trecem la afaceri mai serioase, se gândi ea, iar, după ce mai inspiră încă o dată profund, se întoarse încet pentru a-l înfrunta.

— Mai exact, pentru ce anume îţi pare rău? îl întrebă ea pe un ton blând, chiar dacă îi era, însă, teamă să-i audă următoarele cuvinte.

— Eşti obosită şi rănită, observă el, ridicând din umeri cu regret. Iar eu te voi răni şi mai mult, adăugă el cu un glas ciudat de liniştit.

— Chiar trebuie să o faci? i-o întoarse ea pe o voce coborâtă, acum aproape speriată de ceea ce el voia cu atâta hotărâre să îi spună.

Răzbunarea nu e întotdeauna dulce

***

Roxana Năstase

Trăsăturile bărbatului se înăspriră, iar pumnii i se încleștară de-o parte și de alta a trupului. Acesta își îndreptă privirea glacială drept în ochii ei, orice urmă de blândețe dispărând de pe chipul lui.

Fără să vrea, femeia se cutremură și se minună în același timp: *Cum poate un bărbat să devină atât de rece într-o clipă?*

— Sora ta a ucis-o pe sora mea, enunță el pe un ton fără nici o intonație și orice sclipire se stinse din ochii lui, bărbatul privind-o acum cu ochi aproape negri și înghețați.

Magda își scutură capul într-o negare mută, iar ochii i se umplură de lacrimi. El dădu din cap afirmativ, cu încăpățânare, iar atitudinea lui hotărâtă o făcu să înțeleagă că spunea adevărul.

Răzbunarea nu e întotdeauna dulce

*****

Roxana Năstase

Margot i-a ucis sora, repetă ea de câteva ori pe muteşte în gând, iar mai apoi, pe nepusă masă, negura se coborî asupra ei. Femeia se prăbuşi la pământ, mai având timp numai să simtă braţele lui prinzând-o înainte de a atinge podeaua. După aceea nu mai simţi nimic altceva.

Josh o plesni uşor peste obraji de câteva ori, mormăind, iar femeia reuşi să îşi recapete cunoştinţa curând, observând imediat că bărbatul o întinsese pe sofaua generoasă. Acum, acesta stătea alături de ea, aplecat mult deasupra ei, privind-o cu îngrijorare în ochi.

Magda îl împinse la o parte cu mâini tremurătoare, iar el se ridică în picioare de îndată, oferindu-i spaţiul pe care aceasta şi-l dorea. Şi cu toate acestea, ochii lui continuară să îi monitorizeze toate mişcările, bărbatul fiind gata să reacţioneze dacă ea ar fi avut nevoie de ajutorul lui. Înţelegea el că, mai mult ca sigur, femeia nu îi va

Răzbunarea nu e întotdeauna dulce

***

Roxana Năstase

cere ajutorul, dar el nu putea să o lase, pur şi simplu, singură.

Magda se ridică în şezut şi îşi frecă faţa cu mâinile, stoarsă de epuizare. Îşi dădu părul la o parte de pe faţă mai apoi cu gesturi nervoase şi, numai după aceea, îşi ridică ochii la el.

— Ce ai spus adineauri a fost doar o glumă proastă? îl întrebă ea pe un glas pierit, sperând că punând întrebarea, ceea ce afirmase el s-ar fi dovedit neadevărat.

El îşi scutură capul cu hotărâre.

— Eu... Eu... se bâlbâi ea, cuvintele netrecând dincolo de buzele ei.

— Ai vrea să bei ceva? o întrebă el pe un ton liniştit.

Magda îi răspunse afirmativ cu o clătinare a capului, iar mai apoi, se lăsă pe spate, sprijinindu-se de spătarul canapelei. Urmărind direcţia privirii lui, îşi dădu seama că îşi freca mâinile cu nervozitate şi tresări. Muşcându-şi buza inferioară, îşi controlă mişcările haotice ale degetelor, încercând să-şi ascundă tumultul interior.

Răzbunarea nu e întotdeauna dulce

***

Roxana Năstase

— Băutura aceea..., îi aduse ea aminte, cu speranță in glas.

— Da, desigur, acum, spuse el întorcându-se și îndreptându-se cu pași mari spre bar, de unde scoase două pahare pântecoase și turnă câte o porție generoasă în fiecare dintre ele.

Întorcându-se înapoi la ea, îi întinse unul dintre pahare, iar mai apoi, se așeză într-unul din fotoliile de lângă sofa.

Amândoi își sorbiră băuturile în tăcere preț de vreo câteva minute. În tot acest timp, Josh o analiză cu atenție, iar ea pretinse să nu-i observe privirea încremenită pe silueta ei.

Magda lăsă lichidul de ambră să o încălzească pe dinăuntru, iar când consideră că era gata să audă mai multe, spuse:

— Ai vrea să îmi explici ce ai spus mai devreme?

Josh îi aprobă cuvintele cu o mișcare scurtă a capului, mai sorbi o dată din paharul său, iar apoi spuse:

Răzbunarea nu e întotdeauna dulce

***

Roxana Năstase

— Dacă mi-ai verificat trecutul, ceea ce presupun că ai făcut, atunci știi că sora mea mai mică a fost ucisă când avea cincisprezece ani, începu el pe un ton oarecum monoton.

— Da, știu. Sora mea ar fi avut numai douăzeci și patru de ani la vremea aceea, sublinie ea pe un ton oțelit.

Ea știa foarte bine că Margot nu fusese niciodată o fată bună. Întotdeauna fusese un pic cam răutăcioasă când erau copii, dar Magda refuza să creadă că aceasta ar fi devenit o ucigașă.

— Da, atât avea, se arătă el de acord cu ea, dând din cap. Și până la acea vârstă, deja fusese implicată în traficul uman de aproximativ cinci ani, menționă el pe un ton neutru, ca și cum ar fi susținut o conversație oarecare despre vreme.

Paharul alunecă dintre degetele tremurătoare ale Magdei și se izbi de piciorul măsuței de cafea, spărgându-se în bucăți, iar cioburile zburară peste tot.

Răzbunarea nu e întotdeauna dulce

***

Roxana Năstase

În uluiala ei, femeia nici măcar nu realiză ce se întâmplase. Mâna dreaptă îi zburase la gură, apăsându-şi degetele nesigure peste buze. Îşi petrecu braţul stâng în jurul taliei pentru a se proteja de cuvintele lui, iar ochii i se rotunjiseră de oroare.

Minte... Cu siguranţă minte... Nu poate fi adevărat... scanda ea muteşte.

Josh sări imediat din fotoliu, lăsându-şi paharul pe măsuţa de cafea, iar după aceea începu să adune bucăţile de sticlă de pe covor cu meticulozitate.

Magda, dându-şi în sfârşit seama ce se întâmplase, încercă şi ea să se ridice să îl ajute, dar el îi opri mişcările, punând o mână pe genunchiul ei.

— Nu te mişca de pe canapea până ce nu am adunat toate cioburile, o rugă el pe un glas liniştit pentru a nu o alarma.

Răzbunarea nu e întotdeauna dulce

***

Roxana Năstase

Ochii Magdei se opriră pe mâna mare de pe genunchiul ei, dar femeia nu schiță nici un gest pentru a o da la o parte. Josh o bătu uşor peste genunchi, ca şi cum nu ar fi fost conştient de faptul că femeia îngheţase în acea poziţie, iar după aceea, reîncepu să adune ce mai rămăsese din fragmentele de sticlă de pe covor.

Magda îi urmărea fiecare mişcare cu interes. Refuzând să se gândească la cuvintele brutale pe care bărbatul le pronunţase mai devreme, aceasta prefera să se concentreze asupra lui.

— Unde e bucătăria? se interesă el, ridicându-se în picioare, iar vocea lui blândă o aduse înapoi la realitate.

Femeia îi indică direcţia cu degetul, iar el o lăsă singură, îndreptându-se cu paşi mari şi hotărâţi înspre bucătărie pentru a se descotorosi de cioburi.

Ea rămase aşezată pe sofa, incapabilă să îşi adune gândurile care îi alergau haotice în toate direcţiile.

Răzbunarea nu e întotdeauna dulce

***

Roxana Năstase

— M-am uitat în jur, indică el cu degetul mare peste umăr spre bucătărie când se întoarse înapoi la ea, dar nu am reușit să dau peste absolut nimic care m-ar ajuta să curăț covorul. Aparent nu deții nici un fel de produse de curățenie în casă, remarcă el cu uluire.

— Menajera știe unde sunt chestiile acelea depozitate. Am o menajeră, șopti ea. I-am spus să se ducă acasă mai devreme, știind că trebuia să vorbesc cu tine. M-am gândit că poate face curat și mâine. Nu te mai obosi cu pata de pe covor acum, murmură ea.

— Înțeleg, spuse el și luă din nou loc în fotoliul de unde se ridicase mai devreme. Dar va afla și ea, oricum, să știi. Toată lumea va afla, sublinie el și își frecă rădăcina nasului cu un gest obosit.

— Poftim? întrebă ea aproape strigând, pentru ca, mai apoi, să își încrețească nasul când sunetul ascuțit al vocii ei îi penetră propriile urechi.

Femeia ura faptul că nu își putea ține firea sub control și se dădea în spectacol.

Răzbunarea nu e întotdeauna dulce

***

Roxana Năstase

— Despre Margot, știi tu, își flutură el mâna, încercând să-i reamintească subiectul discuției anterioare.

— Nu cred că este adevărat ceea ce ai spus, își scutură ea capul cu îndărătnicie, ochii ei fulgerându-l pe bărbat cu mânie.

— Știu ce vrei să spui, aprobă el cu o aplecare a capului. Dar, este adevărat, Magda. I-am luat urma de la Saskatoon până în Edmonton, iar mai apoi în Winnipeg. A dat ea o lovitură și în Montreal... Nu este prea plăcută, să știi. Povestea ei, vreau să spun..., își scutură el capul cu lehamite. Femeia a fost, pur și simplu, vicioasă. Nu ea a creat rețeaua de trafic uman, dar curând a devenit mâna dreaptă a bossului... Acum poliția îl au și pe el în custodie...

Josh se ridică nerăbdător în picioare și îi întoarse spatele. Își trecu degetele prin păr pentru a-și potoli anxietatea înainte de a se întoarce din nou spre ea.

Răzbunarea nu e întotdeauna dulce

***

Roxana Năstase

— Şi tu îl ştii şi încă bine, o informă el pe Magda. Un prieten bun de familie...

Magda se albi şi mai mult, în ciuda faptului că Josh nu crezuse că ar fi fost posibil.

— Unchiul Gabe, şopti ea, iar ochii ei îi căutară pe ai lui pentru a citi răspunsul acolo.

Unchiul Gabe fusese singurul dintre cunoştinţele lor care nu venise la înmormântare sau acasă la ea după aceea, deşi Margot păruse întotdeauna favorita lui, iar atitudinea lui o făcuse să se întrebe de ce.

Magda nu auzise nici un fel de veşti de la el, deşi încercase să îl contacteze de câteva ori. Îi lăsase, de asemenea, mai multe mesaje în căsuţa vocală pentru a-i împărtăşi veştile proaste legate de moartea surorii ei, dar omul nu se obosise să-i răspundă.

Josh dădu scurt din cap, ceea ce îi dădu de înţeles femeii că presupunerea sa se vădea corectă.

Răzbunarea nu e întotdeauna dulce

***

Roxana Năstase

— Nu este unchiul nostru cu adevărat, dar a fost cel mai bun prieten al tatălui meu sau cel puțin așa am crezut eu, îi explică ea pragmatic, pe un glas coborât.

— Știu, îi răspunse Josh și își vârî degetele mari în buzunarele din spate, luptându-se cu dorința-i aprigă de a-i netezi părul și de a o alina.

Magda arăta mult prea tânără și pierdută pentru liniștea lui sufletească. Aceasta îl privi câteva momente cu o intensitate sâcâietoare, iar mai apoi spuse:

— Ți-aș cere două lucruri, dacă nu te deranjează.

Josh își aplecă capul pe o parte, așteptând să îi audă cererile. Nu putea promite nimic fără să știe despre ce era vorba.

— Mai întâi, aș vrea un alt pahar de whisky, te rog, îi ceru ea oarecum cu timiditate, iar un zâmbet mic i se cuibări în colțul gurii. Se pare că pe celălalt l-am scăpat pe jos.

Răzbunarea nu e întotdeauna dulce

***

Roxana Năstase

— Nu e nici o problemă, îi răspunse Josh, care se grăbi imediat să îi umple un alt pahar. Și în al doilea rând? o întrebă el, întorcându-se cu băutura și oferindu-i-o.

Magda luă paharul cu o mână nesigură și îl trase spre piept, lăsând impresia că ar fi dorit să îl protejeze. Înghiți în sec cu greutate de câteva ori, având grijă să îi evite privirile preț de câteva clipe și numai după aceea ochii ei reveniră asupra chipului lui.

— Vreau să îmi spui absolut tot, șopti ea pe o voce joasă, încărcată de temeri.

Se temea de ce urma el să-i spună și acel lucru se putea vedea în ochii ei. Cu toate acestea, Josh observă și hotărârea ei de a nu i se ascunde nimic și o aprecie la adevărata ei valoare. Nu puțini oameni ar fi fost dispuși să adopte strategia struțului într-o situație similară.

Bărbatul luă din nou loc, se lăsă pe spate și își încrucișă brațele peste talie.

Răzbunarea nu e întotdeauna dulce

***

Roxana Năstase

După aceea, privind-o fără ezitare, spuse liniștit:

— Asta pot să fac. Oricum, este mai bine să afli totul de acum, înainte ca povestea să-ți explodeze în față.

Întrebarea din ochii ei îl determină să îi explice ce voia să spună.

— Poliția știe aproape totul și va afla restul destul de curând. Este doar o problemă de zile acum. Iar asta înseamnă că și presa va afla despre tot ce s-a petrecut imediat după aceea. Nu există nici o cale să ții astfel de lucruri ascunse, Magda, își scutură el capul cu tristețe.

Experiența lui cu presa îi demonstrase că nu există secrete dacă ziariștii începeau să facă săpături. Era suficient ca unul singur să fie priceput și să dezgroape cele mai ascunse secrete.

— Tu ai ucis-o pe sora mea? îl întrebă Magda brusc, pentru ca mai apoi să își țină răsuflarea așteptând răspunsul lui.

Răzbunarea nu e întotdeauna dulce

***

Roxana Năstase

Răsucise acea întrebare în mintea ei de când începuseră acea conversație. Să tânjească după ucigașul surorii sale nu ar fi fost deloc înțelept, iar gluma crudă ar fi fost pe seama ei, pentru că deja bărbatul i se strecurase pe sub piele.

— Nu, nu am ucis-o eu, își scutură el capul. Dar răzbunarea e o târfă uneori, nu-i așa? rânji el batjocoritor.

— Ce vrei să spui? se încruntă Magda, o grimasă de neplăcere întinzându-i-se pe buze, femeia neapreciind grosolănia cuvintelor rostite de el.

— Margot a depășit anumite hotare, îi explică el pe un ton dur. Acum ceva vreme, a pus ochii pe o puștoaică și nu și-a făcut temele așa cum trebuia. Cum pe ea o interesa doar să obțină fata prin orice mijloace, nu și-a mai bătut capul să analizeze consecințele ce ar fi putut apărea.

Josh își frecă rădăcina nasului, neplăcându-i să dezgroape pacatele vechi ale lui Margot.

Răzbunarea nu e întotdeauna dulce

***

Roxana Năstase

— Aşa că a răpit-o. Aceasta era, însă, fiica unui bărbat puternic, cu legături strânse cu cei de partea cealaltă a legii, nu o fată simplă, fără conexiuni, ca cele de dinaintea ei. Dar, cum Margot o dorea, nu s-a obosit să afle prea multe despre ea. Sora ta nu ştia cine era tatăl ei cu exactitate şi ce îi putea pielea. Ea s-a distrat cu puştoaica, după cum îi era obiceiul, de fapt, iar după ce s-a săturat, a ucis-o, îşi frecă el chipul cu degetele. Acesta era modul ei de operare.

Bărbatul văzuse rezultatul a ceea ce Margot considera o distracţie reuşită şi spera să nu se mai întâlnească cu astfel de privelişte vreodată. Acum, nu îi putea dezvălui Magdei toate detaliile. În fond, considera că femeii nu i-ar fi lipsit o asemenea povară pe suflet şi, de altfel, aceasta nu avea nici o vină că sora ei se dovedise o creatură atât de vicioasă.

Omul privi în depărtare, părând că ar fi vrut să îşi aducă aminte de ceva.

Răzbunarea nu e întotdeauna dulce

***

Roxana Năstase

Mai apoi, ochii lui se întoarseră la ai ei și continuă:

— Știi, asta o făcea pe ea să funcționeze, gesticulă el. Astfel de lucruri îi alimentau energia care-i era necesară să trăiască. Pur și simplu, îi plăcea la nebunie să le tortureze și să le rănească. Pe fetele acelea pe care le răpea, vreau să spun. Când acestea încetau să o mai intereseze, le ucidea cu propriile ei mâini. O femeie plină de clasă, soră-ta, nu-i așa? observă el cu un fel de amuzament macabru, plin de resentimente, iar Magda se crispă.

Femeii nu îi venea să creadă nici ce îi spunea el, nici cuvintele pe care acesta le alegea.

— Întotdeauna, din fiecare grup de zece fete pe care le răpeau, ea alegea o fată pentru jocurile ei bolnăvicioase, preciză el. De obicei, pe cea mai tânără. Avea ea o fixație cu vârsta. Pe celelalte nouă nici nu le băga în seama. Acelea reprezentau doar marfă, în fond, și vânzarea lor le aducea bani, așa că nu le putea atinge. Știu că sora ta nu avea nevoie de bani, spuse el repede şi îşi ridică mâna când Magda încercă să îl întrerupă.

Ştia el ce voia ea să spună, dar, din păcate, el ştia mai bine.

— Era doar un joc de putere pentru ea. Era o psihopată, Magda, declară el pe un ton dur. Ştiu că ai iubit-o – în fond, era sora ta, adăugă el cu mărinimie. Dar tu nu o ştiai cu adevărat, o avertiză el.

— Ai vreo dovadă pentru a susţine tot ceea ce mi-ai povestit? îl întrebă Magda cu încăpăţânare, nepregătită să accepte tot ce îi relata el fără dovezi palpabile.

Cel puţin, nu încă, pentru că, undeva, într-un colţ al minţii ei, ceva îi spunea că bărbatul nu îi dezvăluia decât adevărul.

— Nu numai eu, dar şi poliţia are dovezile necesare. Te vor contacta în câteva zile să îţi vorbească, cu siguranţă, îşi flutură el mâna pentru a îi da de înţeles că interviul cu poliţia era de neevitat.

Răzbunarea nu e întotdeauna dulce

***

Roxana Năstase

— Aş prefera ca tu să-mi spui totul înainte de asta, îl îndemnă Magda, îndreptându-şi spatele.

Josh o privi preţ de câteva momente, iar apoi îşi reîncepu povestirea oribilă. El continuă să vorbească pe un ton măsurat, chiar şi după ce Magda îşi goli paharul dintr-o înghiţitură.

Ochii verzi ai femeii luceau sălbatic pe chipul palid de odaliscă, iar mâinile îi tremurau, dar el ştia că era mai bine dacă i se spunea totul dintr-un singur foc, aşa că se mulţumi doar să îi ia paharul din mână şi să îl pună pe masă. Nu prea avea el chef să îşi asume sarcina de a face curăţenie din nou.

Când bărbatul se opri din vorbit, camera se întunecase aproape complet. Rămaseră amândoi tăcuţi preţ de câteva minute, iar mai apoi, Magda, apăsată de toate cele ce le auzise, se ridică cu greutate de pe canapea, iar mai apoi, cu picioare nesigure, se îndreptă spre întrerupătorul de lângă uşă şi aprinse luminile.

Răzbunarea nu e întotdeauna dulce

***

Roxana Năstase

Amândoi clipiră să îşi ajusteze ochii la noua luminozitate a încăperii. Întunericul se lăsase, iar Josh, prins în relatarea sa, nici măcar nu remarcase.

— Cum de ştii cine a ucis-o? îl întrebă ea, îngustându-şi ochii.

— Eram acolo, de faţă. O urmăream pe ea şi pe individul în a cărui maşină se găsea, recunoscu Josh cu o ridicare din umeri. Individul acela, care acum e în comă la terapie intensivă, dezvoltase cam acelaşi tip de *afacere*, ca şi sora ta, dar, cu toate acestea, el nu era decât un proxenet de doi bani – un peşte mic, într-o baltă mare. Nu avea aceeaşi extindere şi resurse precum grupul lui Margot, spuse el, şi se ţinea departe de fetele sub vârsta majoratului.

Josh sorbi din paharul lui pentru ca să-şi umezească gura, iar apoi continuă:

Răzbunarea nu e întotdeauna dulce

***

Roxana Năstase

— Sora ta s-a jucat cu el vreo câteva zile, iar mai apoi, l-a invitat la ea acasă în acea după masă. Nu pentru sex, cum credea el, bietul amărât, își scutură Josh capul, chiar dacă vocea lui nu trăda nici un fel de părere de rău reală. Acolo îl așteptau trei dintre oamenii ei pentru a-l elimina. Poliția i-a descoperit atunci când s-au dus la ea acasă după ce au avut loc împușcăturile. Grupul lui Margot plănuise să distrugă orice fel de competiție de pe piață, indiferent cât de mică ar fi fost aceasta. Mă gândisem să îi prind în timp ce îl ucideau pe individ și, astfel, să-i fac să fie arestați cu toții. Din cauza aceasta îi urmăream. Mi-am oprit și eu mașina la colțul opus când individul s-a oprit la stop.

Josh căzu pe gânduri câteva clipe, iar apoi continuă:

Răzbunarea nu e întotdeauna dulce

***

Roxana Năstase

— Cred că cineva s-a ocupat de semafor şi i-a alterat funcţionarea. A ţinut mult prea mult. Probabil că şi ceilalţi îi supravegheau mişcările surorii tale, dar eu nu i-am văzut, îşi clătină el capul, ca şi cum tot nu-i venea a crede. O maşină a trecut în viteză pe lângă mine, în timp ce alta a venit din direcţia opusă. Au prins maşina tipului între ele, ca un sandviş dacă vrei. După aceea, i-au secerat cu gloanţe. Sora ta era, de fapt, ţinta dorită, dar nu le-a păsat dacă şi şoferul murea. După cum am spus, răzbunarea uneori e o târfă, Magda.

— Au fost arestaţi? îl întrebă ea pe un ton calm.

— Da, au fost. Am filmat toată scena. Eu nu aş fi putut interveni, să ştii, îi spulberă el gândul de a-l mustra. Aş fi fost prins în mijlocul focului şi, oricum, nu aş fi rezolvat absolut nimic. Aveau armament superior faţă de ce aveam eu la mine. Dar am filmat totul cu telefonul mobil şi au fost arestaţi cu toţii. Nu că mi-ar părea rău că sora ta a fost ucisă,

63

Răzbunarea nu e întotdeauna dulce

***

Roxana Năstase

sublinie el, privind-o cu înțeles, ochii lui reci părând hotărâți să o facă să înțeleagă că nu avea nici cel mai mic regret că Margo își pierduse viața. Trebuie să înțelegi că merita mult mai rău decât de ce a avut parte, dar nici indivizii aceia nu erau mai buni decât ea, în fond.

Magda se ridică în picioare, copleșită de dezvăluirile lui, dar tot încercă să-și mențină spatele drept și picioarele cât mai ferme.

— Cred că ar trebui să pleci acum, gesticulă ea înspre ușa de la intrare pentru a-l invita să-i părăsească casa.

— După cum am mai spus, răzbunarea nu e întotdeauna dulce, repetă el pe un ton trist, iar mai apoi, își scutură cu regret capul.

Îi plăcuse Magda. O dorea și nu mai dorise o femeie de multă vreme. Dar, acela era norocul lui afurisit. Aceasta era prima femeie față de care simțise o atracție puternică după ani de zile și aceasta trebuia să fie sora lui Margot.

Răzbunarea nu e întotdeauna dulce

***

Roxana Năstase

— De data asta te înşeli, îi răspunse ea, tonul vocii ei mulându-se după al lui. Aceasta nu e răzbunare, Josh. Nu am spus că nu vreau să te mai întorci niciodată. Dar nu vreau să te mai văd astăzi şi, probabil, nici mâine. După aceea..., îşi deschise ea braţele, ridicând din umeri, lăsând loc unor posibilităţi infinite.

Josh păşi spre ea şi, cu vârful degetelor, îi atinse cu tandreţe chipul.

— Atunci nu e vorba de răzbunare, spuse el, iar buzele i se curbară într-un surâs autentic, în timp ce ochii îi străluceau sălbatic.

Buzele lui le atinse pe ale ei ca o părere înainte ca el să îi întoarcă spatele şi să o pornească spre hol.

Magda privi în urma lui, cu capul aplecat pe o parte, iar apoi aşteptă să îi ajungă la urechi bine-cunoscutul sunet al uşii de la intrare deschizându-se şi închizându-se. Rămasă în picioare, în acelaşi loc în care se găsea la plecarea lui, femeia îşi şterse mâinile transpirate

Răzbunarea nu e întotdeauna dulce

***

Roxana Năstase

de fustă, iar apoi stinse luminile şi o porni în sus pe scări cu paşi obosiţi.

Răzbunarea nu e totdeauna dulce, surioară, auzi ea în minte vocea lui Margot, urmată de râsul nenatural al acesteia. Magda îşi scutură capul. *Cum de nu am văzut niciodată ce îi putea pielea?*

Răzbunarea nu e întotdeauna dulce

***

Roxana Năstase

Răzbunarea nu e întotdeauna dulce

***

Roxana Năstase

EXTRAS DIN ROMANUL *UN* IMIGRANT

Răzbunarea nu e întotdeauna dulce

***

Roxana Năstase

Brusc, îi ajunse la urechi ecoul unor pași iuți venind din direcția grădinii Gigue. Trepidând, Victor își ridică capul și privi fix, fără să clipească, în noapte.

Anxietatea și teama îl încolțiră, iar el împinse cu putere în palmele proptite pe pământ pentru ca să se poată mișca. Instantaneu, durerea îi radie peste tot spatele, dar, cu determinare, scrâșnind din dinți, bărbatul continuă să se târască sub un copac. Se simțea de parcă s-ar fi mișcat prin molasă. Fiecare centimetru cucerit îi aducea din ce în ce mai multă sudoare și durere.

Cel puțin sunt încă în viață, reflectă Victor. *Dar nu pentru multă vreme dacă nu mă mișc de pe nenorocita asta de cărare,* mormăi el și împinse mai tare în brațe, strângând din dinți pentru a-și amuți gemetele.

— A căzut undeva pe aici, o voce puternică de bărbat străpunse liniștea.

Răzbunarea nu e întotdeauna dulce

***

Roxana Năstase

— Ești sigur? Nu văd pe nimeni, îi replică o voce joasă, dar care, clar, aparținea unei femei.

Îndoiala era evidentă în vocea ei.

Victor se opri și încercă să se facă una cu pământul. Știa că acum se găsea în umbră și ei nu-l puteau vedea.

— Îl aud, spuse femeia cu entuziasm, iar Victor se strâmbă.

Cum naiba mă poți auzi? se întrebă el, iar ochii i se măriră de uluire. Degetele-i săpară în solul dumbrăvii, ca și cum ar fi vrut să se ancoreze acolo.

Nu spun nici o iotă, gândi el cu febrilitate. *Nu mi-am pierdut mințile într-atât încât să vorbesc fără să-mi dau seama, nu-i așa?*

— Da, îl aud și eu, se făcu auzită și vocea bărbatului. Și-a păstrat umorul așa că probabil starea lui nu e foarte proastă, remarcă el ironic.

Sprâncenele lui Victor i se ridicară pe frunte. *Cine naiba sunt oamenii ăștia? Mai mult decât atât, ce naiba vor de la mine?*

Răzbunarea nu e întotdeauna dulce

***

Roxana Năstase

— Nu aud pe nimeni altcineva în jur, observă femeia. Scoate-ți lanterna, spuse ea poruncitor.

Parcă ar fi un sergent major, mustăci Victor, ascultând cu mare atenție la fiecare sunet pe care cei doi îl provocau.

***

Victor renunță să mai facă pe mortul în păpușoi când lumina lanternei mătură peste el. Nu-i cunoștea pe cei doi oameni, dar oricum nu existau decât două opțiuni viabile — aceștia fie veniseră să-l salveze, fie să-l termine. Nu mai exista o a treia posibilitate.

Bărbatul își ridică capul și, scrâșnind din dinți, se întoarse spre lumină. Lanterna îl orbi și de data aceasta nu-și mai putu opri un geamăt.

Răzbunarea nu e întotdeauna dulce

***

Roxana Năstase

— E acolo, spuse bărbatul, care se grăbi spre Victor pentru a îngenunchea lângă el. Hei, amice, mai eşti cu noi? întrebă el, iar Victor îi simţi zâmbetul din voce.

Victor mârâi şi dădu din cap scurt. Nu ştia dacă mai avea voce sau nu. Ochii lui cercetară chipul bărbatului şi, satisfăcut că nu l-a mai văzut niciodată înainte, îşi lăsă fruntea să-i cadă din nou pe braţele îndoite şi închise ochii.

— Este încă în viaţă? se auzi vocea femeii.

— Da, este. Ce ar trebui să facem acum? o întrebă bărbatul, iscând astfel curiozitatea lui Victor.

De ce oare îi cere ei părerea? se miră el, iar câteva clipe după aceea, râsul celuilalt bărbat umplu aerul.

— Pentru că ea este şefa acum, îi răspunse acesta cu umor.

Cuvintele lui îl şocară pe Victor şi acesta pur şi simplu îngheţă, ochii lui fixându-se pe chipul lui Axel. Nici măcar nu mai reuşea să clipească.

Răzbunarea nu e întotdeauna dulce

***

Roxana Năstase

— Uite ce-ai făcut acum, Axel, îşi admonestă femeia însoţitorul. L-ai înspăimântat.

— Va supravieţui, răspunse Axel pe o voce pragmatică, iar Victor avu impresia distinctă că bărbatul a ridicat din umeri cu nonşalanţă.

— Cine sunteţi voi, oameni buni? mormăi Victor, incapabil să-şi mai ţină gura închisă nici măcar pentru o clipă.

Avea senzaţia că a aterizat într-o dimensiune bizară. De data aceasta, era sigur că nu a spus nimic cu voce tare.

Mâna rece a femeii îi îndepărtă părul de pe frunte, alinându-i febra care îi creştea.

— Eu sunt Leah MacKay. Sunt detectiv, iar acesta este prietenul meu, Axel Arnett, replică ea pe o voce blândă. Voi chema o ambulanţă pentru tine, continuă ea.

Femeia încercă să se ridice, dar degetele lui Victor i se încleştară pe încheietura mâinii cu o putere surprinzătoare.

Răzbunarea nu e întotdeauna dulce

***

Roxana Năstase

— Nu chema poliția, mormăi Victor, iar mai apoi își mușcă buzele.

Mișcarea bruscă îi eliberase mii de săgeți dureroase de-a lungul șirei spinării și bazinului.

Arnett izbucni într-un râs viguros, al cărui sunet îl zgârie pe Victor pe nervi. Dacă acesta ar fi avut suficientă putere, l-ar fi pus pe bărbat la pământ cu un pumn bine plasat.

— Îmi pare rău, amice, dar poliția e deja aici, îi explică Axel vesel, ceea ce îl făcu pe Victor să strângă din dinți din nou.

Cu blândețe, Leah îi desprinse degetele de pe încheietura mâinii ei și își scoase telefonul celular din buzunar. Formă 911 și îi explică operatorului cine era și că avea nevoie de o ambulanță și de echipa sa specială la grădina Sarabanda.

Răzbunarea nu e întotdeauna dulce

***

Roxana Năstase

Învins, Victor oftă şi-şi puse capul pe braţe din nou. O dată, văzuse la televizor o reclamă cu un mic hârciog care tot încerca să iasă dintr-o gaură din pământ numai pentru ca să fie lovit cu un ciocan în cap de fiecare dată. Acum, el era acel hârciog. Pierduse complet controlul asupra vieţii lui.

Eh, nu e ca şi cum ar fi pentru prima dată, mustăci el.

Axel Arnett se apleacă de-asupra lui şi îi şopti:

— Totul va fi bine, nu-ţi fă griji. Ea e cea mai bună.

— De-asta mi-era şi teamă, mormăi Victor, făcându-l pe Axel să râdă pe înfundate.

Lui Axel îi plăcea bărbatul şi era satisfăcut că ajunseseră la el în timp util. Spera că acesta va supravieţui.

Răzbunarea nu e întotdeauna dulce

***

Roxana Năstase

Răzbunarea nu e întotdeauna dulce

***

Roxana Năstase

BIOGRAFIA
AUTOAREI

Roxanei Năstase îi place să scrie şi să facă prăjituri – aceste două pasiuni se potrivesc foarte bine. De asemenea, îi place să petreacă timp cu câinele ei – sau cel puţin marea parte a timpului, pentru că, de fapt, acesta este un drăcuşor.

O călătorie în Scoţia a făcut-o să-şi dăruiască inima unei ţări minunate şi unor oameni extraordinari. De aceea a ales un detectiv scoţian pentru marea parte a romanelor sale poliţiste.

Răzbunarea nu e întotdeauna dulce

***

Roxana Năstase

CĂRȚI DE ROXANA NĂSTASE

Nebunie pe Strada Privighetorii – Seria McNamara – Cartea Întâi

Mirosuri și Umbre – Seria McNamara – Cartea A Doua

Legături Relative – Seria McNamara – Cartea A Treia

Surpriză pe terenul de golf - Seria McNamara – Cartea A Patra

Seria McNamara – Box set - Cartea I și II

Răzbunarea nu e întotdeauna dulce

***

Roxana Năstase

Crăciunul lui McNamara - Povestire

Un Epitaf Potrivit – Seria MacKay – Detectiv Canadian - Cartea Întâi

Un Imigrant – Seria MacKay – Detectiv Canadian - Cartea A Doua

Schimbarea – Seria MacKay – Detectiv Canadian - Cartea A Treia

O muiere bisericoasă

Bărbatul din lift

Team-building cu ponoase

Răzbunarea nu e întotdeauna dulce – Seria Josh Aldridge detectiv particular – Cartea 0

Conversații cu câinele meu – Pseudo-eseuri

Rămâi pe drumul cel bun - Josh Aldridge - Seria PI - Cartea întâi

Răzbunarea nu e întotdeauna dulce

***

Roxana Năstase

Vă mulţumesc pentru că aţi citit nuvela **Răzbunarea nu e întotdeauna dulce.**

Dacă v-a plăcut, vă rog să le spuneţi şi prietenilor dumneavoastră sau să postaţi o recenzie scurtă. Cuvântul purtat din gură în gură este cel mai bun prieten al unui autor şi este extrem de apreciat.

Vă mulţumesc,

Roxana Năstase.

Răzbunarea nu e întotdeauna dulce

***

Roxana Năstase

Pentru a afla despre lansări noi de carte, vă rog să subscrieți la buletinul meu informativ de pe:

www.roxananastase.weebly.com.

Răzbunarea nu e întotdeauna dulce

***

Roxana Năstase

TABLE OF CONTENTS

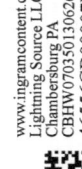